图书在版编目（CIP）数据
四个小孩游世界 / （英）爱德华·李尔著 ；（德）克劳斯·恩西卡特绘 ；张文武译. -- 南昌 ：二十一世纪出版社集团，2025. 6. -- ISBN 978-7-5568-8556-5
Ⅰ. I561.85
中国国家版本馆CIP数据核字第2024QJ8417号

Title of the original edition:
Illustrator: Klaus Ensikat
Title: Die Geschichte von den vier Kindern, die rund um die Welt zogen

Chinese language edition arranged through HERCULES Business & Culture GmbH, Germany

版权合同登记号：14-2020-0022

SI GE XIAOHAI YOU SHIJIE

四个小孩游世界

[英]爱德华·李尔/著
[德]克劳斯·恩西卡特/绘　张文武/译

出版人	刘凯军		
责任编辑	杨　华	**美术编辑**	赵　倩
特约编辑	魏　霞	**特约美编**	许　愿
出版发行	二十一世纪出版社集团（江西省南昌市子安路75号　330025）		
网　址	www.21cccc.com　cc21@163.net		
印　刷	北京顶佳世纪印刷有限公司	**版　次**	2025年6月第1版
经　销	全国各地书店	**印　次**	2025年6月第1次印刷
开　本	889 mm × 1194 mm　1/16	**书　号**	ISBN 978-7-5568-8556-5
印　张	2.5	**定　价**	48.00元

赣版权登字-04-2024-578

四个小孩游世界

[英]爱德华·李尔 著　[德]克劳斯·恩西卡特 绘
张文武 译

话说，很久很久以前，有四个小家伙，
他们的名字分别是小薇、小林、小凯和小乐。

他们都很想出去见见世面，于是买了艘大船，船身是蓝底绿点儿的，船帆是黄底红条纹的。他们准备走海路  游历世界，到了世界另一头再走陆路回来。

出发时，他们带了只小猫咪，负责掌舵和看船；还有个年迈的长腿怪（一个双腿细长的人偶），负责泡茶和做饭，为此，他们还专门带了一把大茶壶。

头十天的航行非常愉快，食物很充足，海里的鱼要多少有多少。到了长腿怪做饭的时候，他们就拿起大汤勺，当场从海里捞鱼。吃剩的鱼骨头留给小猫咪，小猫咪也吃得不亦乐乎，真是皆大欢喜。

白天，小薇一直在舀海水，把海水舀进搅拌桶里，让哥儿仨使劲儿搅。他们想把海水搅拌成黄油，这可比登天还难。

到了晚上，他们全都跑到茶壶里，只管美美地酣睡，让小猫咪和长腿怪去管船。

很快,他们看见远处有一片陆地。走近一看,是一座“水岛”——外围是陆地，中间是水。在岛的边缘，一块地峡[①]若隐若现,巨大的湾流四处奔涌，简直美不胜收。岛上只有一棵树，高达153米。

他们登岛四处乱逛，真是大开眼界：岛上别的没有，只有吃不完的牛排和巧克力豆。于是，他们爬上那棵高耸的大树，想看看岛上还有什么人。可他们在树顶待了一个星期，连个人影都没看到。由此，他们断定这是座无人岛。

所以,他们又回到地面,搬了两千块牛排和一百万粒巧克力豆上船。这些东西他们吃了一个多月。这段时间里，他们继续航行，途中的心情可谓跌宕起伏——

①地峡，海洋中连接两块陆地的狭窄陆地。

没多久，他们登上一处海岸，岸上至少有六十五只蓝尾红身的大鹦鹉，它们整整齐齐地蹲在一根杆子上，全都睡得很香。让人扫兴的是，小猫咪和长腿怪偷偷爬过去，拔光了这些鹦鹉尾巴上的翎毛。小薇把他俩骂了个狗血淋头。

骂完之后，因为想物尽其用，小薇把翎毛——一共是两百六十根——全部插在了自己的帽子上，俏皮可爱又华丽，十分讨人喜欢。

随后，他们来到一片狭窄的海域。海里鱼满为患，船只寸步难行。他们被迫逗留了大约六个星期，都快把海里的鱼吃光了。

这里的鱼原本就是熟的，身上还抹着虾酱，美味极了。

吃掉鱼，麻烦也就解决了。幸存的几条鱼抱怨太冷了，还说附近总有北极熊和热带转叉犬成群出没，吵得它们睡不着。

小薇非常友好地给几条鱼织了小毛衣，小林给它们喂了一些安慰剂。他俩的好心给几条鱼带来了温暖，鱼儿们总算能睡个安稳觉了。

接着，他们来到一个长满了橘子树的国家，巨大的橘子树上挂满了果实。

于是，他们抬着茶壶登陆，想摘些橘子放进去。

就在他们干得正起劲时，突然刮起一阵可怕的狂风，把小薇帽子上的鹦鹉翎毛刮走了大半。

这还不算什么，真正可怕的在后头：数不尽的橘子劈头盖脸、没完没了地砸在他们的脑袋上，砸得他们狼狈不堪，落荒而逃。橘子砸在茶壶上，叮叮当当地响，真让人心惊胆战。

他们总算安全回到船上，但是也元气大伤。长腿怪的右脚差点儿报废，他只好瘫在拖鞋里，坐了至少一周。此事一度让他们一蹶不振，要不是小乐，他们可能会一直垂头丧气下去。小乐带着可贵的热情坚持表演金鸡独立，努力逗大家开心，还活力四射地对着大家吹口哨，想让大家振作起来。大伙儿这才逐渐打起

精神。他们约定好一回到家里，就给小乐定制一份用姜饼和覆盆子做的礼物，好好表达他们诚挚的谢意。

风平浪静地航行几天之后，他们又来到一个国家。

这里也有惊喜等着他们：不计其数的红眼白老鼠围坐在一起，气定神闲、斯斯文文吃着蛋奶布丁。四位小旅行家实在太饿了，况且吃了这么久的鳎鱼和橘子，早就吃腻了，于是，他们开了个会，商量该不该放下身段讨好老鼠，要一点儿布丁吃。如果能要到，那就太好了。他们决定让小凯去找老鼠要。小凯立刻领命。

谁料老鼠竟只用一个小小的核桃壳盛了一点儿给他，还兑了水。小凯生气地说：“你们有这么多布丁，应该多分一点儿出来啊！”话音未落，老鼠们齐刷刷转过身来，恶狠狠地冲着他打喷嚏。想想看，无数只愤怒的老鼠同时对着你打喷嚏，还有什么比这更讨厌、更恶心！小凯见状掉头就跑，跑之前还不忘把自己的帽子扔进蛋奶布丁里，把老鼠们的晚餐彻底破坏了。

不久，四个小孩来到一个没有房子的国家。这里有数不清的敞口大瓶子，蓝色的瓶体流光溢彩，真是赏心悦目。每个蓝瓶子里都住着一只蓝瓶蝇。这些有趣的动物聚在一起，其乐融融，有种田园之美。这种完美而又卑微的生活，堪称世所罕见。这种非比寻常、耐人寻味的群居方式，令小薇、小林、小凯和小乐大为触动。他们征得蓝瓶蝇的同意（对方非常礼貌地答应了），把船靠岸，在这些蓝瓶子前泡起茶来。但因为没有茶叶，他们只好在热水里放几块鹅卵石。长腿怪对着茶壶拉起了手风琴，很快，茶就泡好了，茶味还很正宗。

四个小孩跟蓝瓶蝇聊了起来。这些蓝瓶蝇谈吐文雅，略带些嗡嗡的口音。这是因为他们的牙缝里有一把小刷子，说话时自然会有杂音。

“请教一下，”小薇开口道，“你们为什么住在瓶子里？还有，为什么是蓝瓶子？为什么不是绿色、紫色或者黄色的瓶子？”

蝇群里的长者答道：“这些瓶子是现成的，我们老祖宗那会儿就

住在这些蓝瓶子里，所以，我们想都不想就住进来了。一到冬天，我们就把瓶子倒扣过来，这样就不会有冷风进来了。你明白了吧？只有蓝瓶子可以，别的颜色都不行。”

“原来如此。”小林说，“我再冒昧地问一下，你们平时吃什么呢？”

“我们主要吃牡蛎肉饼，”蓝瓶蝇说，“牡蛎不够的时候，就用覆盆子制成的果醋煮俄罗斯牛皮冻吃。”

“太美味了吧！”小凯说。

小乐跟着哼唧了一声，全体蓝瓶蝇也马上嗡了一声。

这时，一只年老的蓝瓶蝇宣布晚会开始。

一声铃响之后，全体蓝瓶蝇齐声嗡嗡，气势磅礴。悠扬而又黏稠的歌声在浩渺的海面之上飘荡，在屹立的青山之间回响，穿过骚动的群雀，直入云霄。蝇群一片祥和，此等儒雅风姿，恐怕只有谦谦君子才能媲美。

夜空中，月亮懒洋洋地洒下光芒。奇异的微光滋润着蓝瓶蝇油亮的翅膀和后背，天地万物都与这片绚丽的深蓝交相辉映。

多年以后，四位小旅行家还经常回忆起那个无比幸福的夜晚。

夜深了，长腿怪挂好船帆，茶壶和搅拌桶  都已归位。小猫咪守候在舵旁。

群蝇来到岸边，送小旅行家们登船，孩子们十分不舍地与蓝瓶蝇一一告别。

临别前，为了表达敬意，小薇行了一个屈膝礼，膝盖都快碰到地了。她还从仅剩的几根鹦鹉翎毛  中拿出一根，插在最可爱的蓝瓶蝇  的背上。

小林、小凯和小乐送了蓝瓶蝇们三个小盒子   ，盒子里分别装有黑胸针、无花果干和泻盐（一种药）。

就这样，四位小旅行家与那个幸福的海岸永别了。

他们带着满腹惆怅跳进茶壶，很快就睡着了。

岸边传来抑制不住的呜咽声，清晰可辨，久久不散，还能隐约听到小东西们用手帕捂住的抽泣声。汹涌的海浪裹着悲鸣，护送船儿离开蓝瓶蝇的乐土，驶向远方。

后面几日平淡无奇，不过，在路过一处浅滩时，有一番奇异的景象令几位小旅行家很兴奋：成群的螃蟹和小虾聚集在浅滩上，有六七百只，它们正热火朝天地拆解一团浅粉色毛线。

他们还不时地用薰衣草香水和白尼格斯酒的混合液去打湿毛线团。

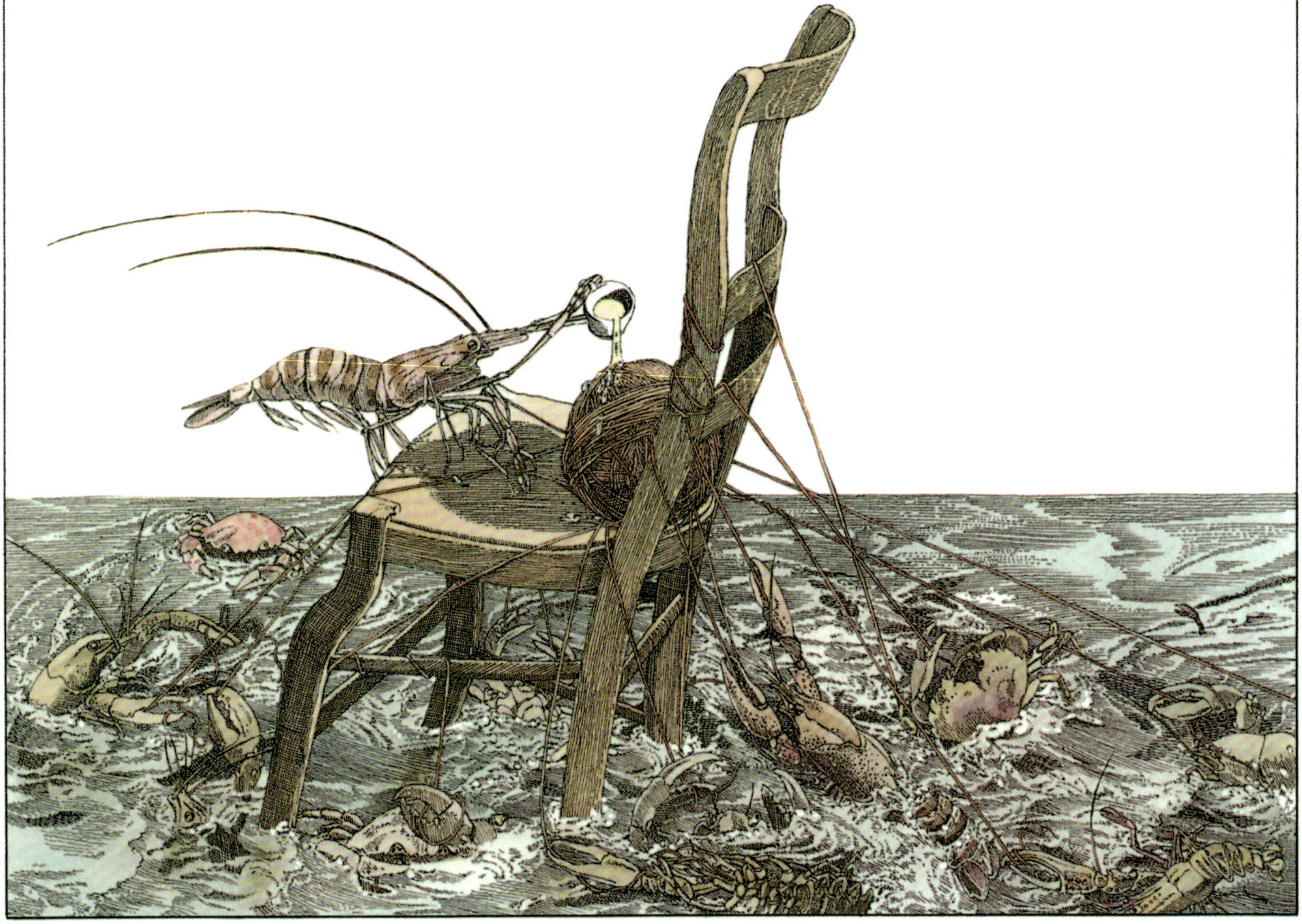

“硬壳蟹啊硬壳蟹，需要我们帮忙吗？”四个小孩问。

“衷心感谢，”螃蟹们连声说，“我们想织手套，但不会织。”

小薇织手套非常在行，她对螃蟹们说：“你们的蟹钳能拧下来吗？钳子不是固定的吧？”

“我们的钳子都能拧下来。”说着，螃蟹们马上在船边放了一堆钳子。

小薇用钳子拆开那团浅粉色毛线，织出了非常可爱的手套。螃蟹们兴高采烈地取回钳子，重新安到身上，拧紧，用银铃般的声音哼着小曲儿，迈着步子迅速离开了。

四个小家伙继续航行，来到了一片无比辽阔的平原，平原的面积大得惊人。刚上岸时，小旅行家们觉得这里一片荒芜，走着走着，隐约看到了一个东西，走近了细瞧，感觉像是一个头戴巨大白色假发的人，坐在一把由海绵蛋糕和牡蛎壳做成的扶手椅上。“看起来又不像人。”小薇疑惑地说。大家都认不出这到底是什么东西。最后，曾经环游世界的长腿怪温柔地喊道:“这是乐于助人的花椰菜！”真被他说中了！大家很快就发现，

那巨大的假发其实是花椰菜的头。不过，这颗花椰菜没有脚，只有

一根菜杆子，没脚也好，省得花钱买鞋袜了。就在全体船员怀着又爱又怕的心情打量他时，他却突然起身，拖着圆滚滚的身子匆匆奔向落日。他用两根非常隐蔽的黄瓜  当拐杖 ，走起路来一起一伏，姿态也算优美。他的周围还有一大群鹡鸰（jílíng）随行。随后，他们一起化作一团冒着热气的水晶云彩，没入了西方的地平线。

如此非凡的景象，给了四个小孩不小的震撼。随后，他们兴奋地返回船上，久久不能平静。

船继续行进了一段时间后，几位小旅行家被凭空出现的石柱拦住了去路。船必须从旁边绕过去。

石柱上有一个面目可憎的小男孩，他身穿玫瑰红色的灯笼裤，头顶一个锡盘，朝下面扔了一个巨大的南瓜，一下子把船砸翻了。

不过，翻船也没事，因为大家的水性都很好，而且他们很喜欢游来游去。直到月亮出来，水变凉了，他们才拖着泡得软绵绵的身体乖乖上船。上船后，长腿怪使出神力把南瓜扔了回去，击中了身穿玫瑰红色灯笼裤的小坏蛋所在的石柱。南瓜十分诡异地炸开，顿时火花四溅，石柱一下子着火了，小坏蛋越来越热，越来越热，他的灯笼裤变得绿莹莹的，最后连鼻子也烧着了。

两三天后，他们又来到一个地方。

此行别无所获，只发现了几个又大又深的坑，坑里装满了桑葚酱。坑的主人是群居在此的小型黄鼻子猿猴。

桑葚酱是它们用来过冬的，吃之前要用清淡的长春花汤拌好，用韦奇伍德瓷碗盛好。此处遍地都是这种瓷碗，都是自己从地里长出来的。

仅有一只黄鼻子猿猴在这里看守，而且他睡得很死，呼噜声震得天崩地裂，吓坏了四位小旅行家、长腿怪和小猫咪。

所以，他们一刻也不敢多留，只装满了一小杯桑葚酱，就赶紧回到船上。

但真正把他们吓破胆的是接下来这一幕——

船和船上的搅拌桶、茶壶，都进了一个巨人的嘴里。幸好他们在感觉不对时，及时潜入了海中。

这是个令人望而生畏的水中巨人，好在只出没于偏远地区。

这么好的一艘船，转眼间就变成了 55 亿兆个碎片。

毫无疑问，小薇、小林、小凯和小乐再也不能扬帆远航了。于是，他们决定回家。

四位小旅行家登上陆地，继续漫游。幸运的是，他们碰巧遇到了一头老犀牛。四个小孩爬上犀牛的背，长腿怪一会儿坐在犀牛的角上，一会儿紧抓犀牛的耳朵，小猫咪拽着犀牛的尾巴梢荡来荡去。带着仅剩的四粒小豆子和三磅土豆泥，他们就这样出发了。不过，路上他们抓了很多鸡和飞鸟。犀牛的头顶长着杜鹃花，总有鸟落下来找种子吃。他们在犀牛的屁股上生火，在火光的照耀下惬意地吃烤肉。好奇的兔子和大鹤成群结队地跑来，开心地加入了旅行团，所以他们根本不缺旅伴。接下来的旅途，他们浩浩荡荡地前进，犹如一支凯旋的队伍。

就这样，不到十八个星期，他们便安全到家。

亲朋好友前来迎接，人人称羡，他们不由得飘飘然起来。

最后，他们决定，一旦有更好的机会，就开始新的旅程。

此外，为表感激之情，在那头犀牛老死之后，他们将其做成标本，立在了父亲门前。

爱德华·李尔

十九世纪英国诗人、画家，为孩子们创作了许多富有韵律的诗歌，他的谐趣诗在英国享有盛誉，流传百年，深受儿童喜爱。他擅长绘制博物画和风景画，曾担任英国维多利亚女王的绘画教师。代表作有诗集《荒诞书》、画集《鹦鹉家族图谱》等。

克劳斯·恩西卡特

德国汉堡应用技术大学绘画教授，德国著名图画书作家、图书艺术家，1996 年国际安徒生奖（插画）得主。

其创作擅长用致密的线条、略带夸张的手法展现出幽默感，把手绘字、藤蔓等装饰元素注入画作，让阅读的过程充满解谜般的乐趣。作品曾获布拉迪斯拉发国际插画双年展大奖、德国青少年文学奖特别奖等奖项。